CUENTOS DE LA NONNA II

SEGUNDO DE LA SERIE

TERESA DI SCLAFANI DE NASCA

Cuentos de la Nonna - II

Segundo de la serie

Publicado por Editorial TecnoTur

Maquetación por Allan Tépper

ISBN de la versión impresa de tapa blanda:

979-8-9988687-1-9

ISBN de la versión electrónica (*ebook*):

979-8-9988687-2-6

DEDICATORIA

Esta obra la dedico a:

- Mi hijo, el Profesor Carlos Sayas Torres, que nació de un milagro. Un abrazo y beso de tu madre que te quiere tanto.
- Mis hijos Toni y Enzo.
- Mis tres nietos, Salvatore Jesús, Enzito y Salvatore Antonio. Besos a todos.

ÍNDICE

NOTA DEL EDITOR
SOBRE LA PALABRA «NONNA»

La palabra italiana *Nonna* en castellano significa Abuela.

1

ALIA Y SUS TRADICIONES

La escuela del pueblo de Alia tenía hasta quinto grado. Había la escuela de San Giuseppe, que era para las mujeres, y la escuela de la agencia, que era para los muchachos. En aquel momento la maestra era buena y en primer grado nos enseñaban divisiones y multiplicaciones de dos cifras. El Maestro Malacuso era el maestro de mi hermano en el tercer grado.

Un día a la semana se les llevaba a trabajar en el campo. Si había niños a los que les enseñaban, los castigaban detrás de la pizarra y le daban con un junquillo en la mano. Los hijos de los agricultores pobres no podían estudiar. Eran los hijos de la clase media y los ricos los que estudiaban. Hoy hay muchos graduados de cualquier aldea.

En aquel tiempo el trigo tenía un precio muy bajo, ya que los Estados Unidos tenía mucha producción. Lo que quedaba lo quemaban. La gente comenzó a emigrar. Estaban buscando industrias y todo era en el norte de Italia. Las mujeres no estudiaban, tenían que lavar y planchar, tenían que hacer el trabajo de la casa, hacer la comida a los hombres cultivadores.

Para el disfrute de la pequeña sociedad había un local estallado para los medianos: estaban aquellos que jugaban cartas por plata y otros que jugaban por pasatiempo. La gran sociedad sirve para hacer fiestas. La esposa buena ahorraba y era aquella que vendía el trigo para comprar ropa en el mes de mayo.

Había quien lo vendía para comprar cosas de caprichos. Si permanecía sin grano y quedaba prestándose granos. Cuando era tiempo de tomate, se hacía la salsa y el extracto, que se metía con tablas al sol. Se hacía aceite de oliva y se guardaba la aceituna que se comía en el invierno. El vino se tomaba todo el año y el vino siciliano era de 25 a 30 grados. La producción de almendras, frutas y hortalizas era abundante y se hacía mermelada. Se criaban las gallinas y ponían los huevos en la casa. Se podaba el árbol con el que se hacía la leña, que servía para la cocina y el horno, no había cocina eléctrica. Con la madera se hacían muebles y gabinetes.

La Navidad, el Carnaval y Año Nuevo eran fiestas de baile y de comer. La tradición de la fiesta era la tarantela y se hacía la contradanza. Eran aquellos maestros que llamaban por San Giuseppe, que hacían pan dulce, esfinge y canola. Esa era la costumbre siciliana, pero ya no existe en ninguna parte. Se hacía el niño Jesús, la Virgencita, San José y 12 niños. Se hacían de todo para comer y asistían los Apóstoles. Muchos amigos lo hacían por promesa.

Mi hermana pequeña a los 8 años fue operada de apendicitis y tiene una fotografía de recuerdo. Mi padre hizo esa promesa. La fiesta de la Madonna, con música, cine y procesiones, donde había varias promesas. Se compraban vestidos y escarpines nuevos. En la Semana Santa era el mortuorio y la vida de Jesucristo y los apóstoles. El 4 de septiembre era el día de Santa Rosalía y había cine, cantantes y música. El 20 de octubre era el día de la Madre Dolorosa. Esta era la costumbre de mi pueblo, Alia.

En el mes de junio era la cosecha del grano. Se hacía un área grande y redonda y con dos mulas se giraba el labrador. Se ponían un pañuelo en la cabeza y el cabello y les decían las Madonnas de Gibilmana. Se guarda el cuerpo y el alma y muchas cosas más. Pasaban aquellos que hacían la fiesta y se les daba granos. La fiesta no la hacía la alcaldía, la hacían los campesinos. La cosecha se vendía. A futuro la paja que quedaba del grano se separaba y se daba a los animales. Esta era la usanza, sacrificio para llevar un pedazo de pan a la casa, las gallinas, los huevos y el pollo salían a la casa del campo.

Los jóvenes se casaban con grandes fiestas. Los padres les daban la casa y colaboraban con muebles y manteles. Esto lo hacían aquellos que tenían tierra y ganado. Papá se casó y tuvo cinco niñas y dos niños. No había luna de miel.

Cuando se terminaba la fiesta se iban, se agachaban en el balcón para oir la serenata y todos los invitados los acompañaban hasta la casa. Cuando se casaba una señorita en la mañana por ocho días le traían de comer, una vez la madre y otra vez la suegra. Para la mujer de aquel tiempo había mucho trabajo, pues no había agua ni cañerías. Esa se acumulaba, la metía en el cántaro e iba a botarla. Se criaba el cochino y se mataba en octubre. Con eso se hacía la salchicha y con la grasa, la manteca y el lardo.

Las muchachas jugábamos a los tíos Pigú: diez cuadros, cinco de un lado y cinco del otro lado, se saltaban. Se jugaban a tía Mase, con cuatro cables que tira y que alienta. Los niños jugaban a la estrumula y llegaban a la casa con el pantalón sin botones. Hoy juegan diferente, con teléfonos y computadoras. ¿Qué dinero se iba a gastar? Eran hombres y mujeres que se casaban y formaban familia con hijos. Hoy el matrimonio es grave, hay muchos divorcios y no quieren hijos. Antes tenían casas muy bonitas y con jardines.

La guerra de Grecia y los romanos, el gran conflicto en 1914 y 1918, la Unión Soviética, la caída del Muro de Berlín, el final de la Unión Soviética, los mafiosos capaces de secuestrar y matar. Surgió la seguridad de las mafias en Sicilia, Cerdeña, Calabria, la campaña, la Toscana, Lombardía, el Piamonte. Con conocimiento del pasado, los ciudadanos de Alia y Corleone no conocíamos la historia de Sicilia, los españoles y el Príncipe de Borbón. En 1812 éramos una ciudad libre, no sujeta al feudal ciudadano de Palermo, el más antiguo. Roma, Atenas, Nápoles y la historia del ciudadano de Palermo.

Horacio Cangilla, en 1860 Palermo era la capital de Sicilia, la concha de oro. Petralia, San Mateo Palermitano, legitimado. Vista la historia de Italia analfabeta, el conocimiento de la historia del país de Eugenio Guccione. El libro de Liborio Guccione que de pequeño había andado en Toscana. El grupo resistencia Carbagnama Lucca, Fácil Editores, 1978. Disperso Boggiborzi Editores, 1984. Misiones Rosa Balilla, resistencia aliceti de Milano, Evangelista Editores, 1987, Resistencia Carbagnama.

Toda la historia me la he leído con Eugenio Guccione. Lo conocí de niño y cuando tenía cinco años se montaba sobre una silla y decía soy el abogado Eugenio Guccione. Tenía pasión de ser abogado desde pequeño. Liborio Guccione había terminado el libro y decía que las mujeres se vestían cómo los árabes descontrolados. Cuando ha visto este libro, ha mandado una fotografía al padre Antonino Vicari y al síndico. Guccione tenía 18 años en 1958.

Mi abuela nació en 1890 y murió en 1972. Usaba paltó, medio tacón y velo. No hablábamos de mi tía Ana, que era hermana de mi abuela y portaba siempre sombrero, bolsa y guantes. Mi abuelo nació en 1880 y murió en 1964. Cuando decía «arriba», mi cuñada Ana debía desocupar la mesa.

Pietro Tomasso y el hijo Giovanni, 1461, han pasado las posesiones a Reinaldo Crespo en 1514 a favor del hijo de Federico, en posesión de la misma familia. Federico Crespo vendió el pueblo de Alia a Vincenzo Imparbara por la suma de once. 1239 23 1011. Se ha reservado el derecho para su heredero Vincenzo Imparbara con Eleonora Crispi. De Federico con unión del Barón Pietro y tres mujeres, Laura Ballisera Biondoligi. Tras la muerte del marido, Eleonora con el hijo muy pequeño, Pietro, heredó el 7 de mayo de 1537. Se quedó con el fondo y los que habitaban en este feudo con la esposa. Eran tratados como esclavos, ellos y los niños que no sabían nada de la vida.

Alia está construida en una montaña y tiene un cementerio en el que los muertos los botaban como perros en un hueco que había. Era llamado en aquel tiempo el camposanto viejo. El pueblo de Alia tenía cuatro iglesias. La Madre Iglesia que está al lado del Palacio del Cavaliere tenía un reloj que despertaba a todos los trabajadores en la madrugada. La pequeña Iglesia de San Giuseppe. La Iglesia de Santa Ana es bastante grande con la grada sobre la escalera, recuerdo que había dejado Salvatore Nasca, mi marido, antes de irse a Venezuela. Era joven y fuerte, tenía 16 años y lo hizo con entusiasmo. La Iglesia de Santa Rosalía está en la entrada del pueblo.

Con la Segunda Guerra Mundial por poco desaparece este pueblo, pues los cañones estaban puestos alto. Si los dejaban, desaparecía el pueblo de Alia. Un general dijo que mandaba. La Madre de la Gracia salvó a este pueblo.

Mi padre pertenecía a la Virgen de San Giuseppe y la Santísima Trinidad. Hay cementerios privados y si pagaba se podían guardar por 30 años, asegurado con los nichos. De ahí en adelante papá ha estado 30 años. Cuando fue sacado, estaba perfecto y después de años en la tierra había permanecido. Los huesos ahora están en una caseta pequeña y mi madre está en los nichos. Espero que permanezca la fosa privada, si pagas todos los años y si pones la luz. Aquella es la gran historia del pueblo de Alia, que tanto cariño ha recibido.

Cuando mi hijo tenía un año, de eso ya son 57 años, un milagro me ha hecho el santo beato José Gregorio Hernández. Se murió a media noche y después de media hora revivió. Yo tenía 27 años. Yo hice el santo en el pueblo de Alia, inaugurado el 18 de junio de 2023. Está en la Iglesia de Santa Rosalia, en la entrada del pueblo.

2

HISTORIA DE UNA INJUSTICIA

El único sustento de la vida, vive de limosna. Vincenzo está en la cárcel penal de Ancona. El trabajador esperaba a la salida de la cárcel. Di Salvo Francesco, gracias a la justicia, el Ministerio de gracia y el delegado, P.S. Marasciallo, R.R. policía y el pretor enviaron después de saber y cayeron. Los hermanos del Cielo solamente ayudan y las bendiciones.

Alia, 29 de noviembre de 1901. Leone Cardinale lo acusa y disculpa por error judiciario. Al pobre inocente, conoce al asesino en silencio. Nadie habla con la autoridad de seguridad pública, el más fuerte cuerpo de policía. Di Marco ha perdido mucha sangre. Angelo Moso ya fatiga qué dirá di Marco. Con mucha pérdida de sangre, Di Marco no verá al hermano Drago y no reconocerá a ninguno. Destruidas las dos familias. Solamente la autoridad reconocerá la sangre del gallo. Había matado a un gallo y esperaba al hijo que venía de Montemaggiore. Las autoridades han declarado que la sangre era humana.

El 1 de agosto de 1872, la vieja asesinada Antonina Di Salvo, viendo Di Marco. El nieto Drago es presentado con otro expediente a la procuraduría de Termine. El traslado a la procuraduría de Palermo, otro expediente, de Termine y de Palermo. El profesor Ciro Leoni Cardinale, hombre joven, inteligente y de noble de corazón, encontró una falla en el largo artículo del periódico Il sole, la prueba del ciudadano de Alia en defensa del infeliz, tanto que anuncia la libertad y el honor a la vista y cuatro hermanos inocentes.

El 20 de agosto de 1873 la corte de Asís, Palermo, condena a muerte y a la cárcel al acusado públicamente. Los leones continúan. Según la Corte Superior de Contención, Agustino es culpable. El 12 de mayo de 1874 estaba en el patíbulo el hermano Damiano Drago, que habitaba en Montemaggiore. Fue excluido después de un año, muerto de desamor, dejando a la esposa y el hijo huérfano. Antonino Drago condenado a 30 años, había pagado la pena. La madre privada del hijo después de 30 años, se va con los ojos bajos. El otro se muere en la cárcel. Francesco Di Salvo de 53 años, se va a su pobre casa. Toda la familia Drago golpeada. En 1873, Agostino, Vincenzo y Rosalino reciben la pena máxima de 30 años y Antonino de 19 años.

El 1 de agosto de 1872 habían cambiado a los bajos territorios de Di Sclafani, propietaria la Princesa Córdova Di Marco y el nieto comparecen en Alia. Di Marco y Drago, la policía, el teniente, RR. CC. por encontrar el cuchillo con que había matado al gallo. Ha dado un grito: «¡Eureka! Son brillantes». Di Salvo lo trajeron a una habitación oscura y con los ojos en la pared decía «soy inocente». Tenía el rostro de muerto, era imposible hablar. Rosalino, Antonino y Agustino los dejaron en la cárcel de Alia, después de 4 días en la cárcel de Palermo.

En septiembre de 1873, dado en la corte de Asís de Palermo presidida por el caballero Guccione, ciudadano en la prueba Drago. Di Salvo no tenía dinero. Declara Agostino Drago, Di Sally, Lorci, Santa Flavia, residente en Bagheria Visida Cardosi. Se refutó el Ministerio de Gracia, se refuta después de 13 años y 3 meses. Había estado en lo más doloroso de la ciudad vieja y lo traía a Ancona el director de la cárcel, Di Luca.

El director Vincenzo Mardaceo le dice que la gracia no lo aceptó y el 28 de agosto abre la puerta de la cárcel. En Sicilia siempre hubo errores. Vincenzo Drago flaco, después de 30 años, y en la familia un nieto de Drago Gennaio. En 1902 la procuraduría de Termine lo manda a la procuraduría de Palermo, donde ellos se encuentran pruebas. Drago y Di Salvo andaban en un albergue, Elena en la plaza Stazione, acompañados de ciudadanos de Palermo y de Alia, colegas que vinieron de Florencia.

Drago Vincenzo, estatura baja, frente amplia, ojos pequeños. Seis años ha platicado con un sacerdote del pueblo donde nace. Rosalino Drago de 60 años, después de cumplir la pena en el expediente será de ver el periódico Il Sole, N 314, fino 329, año 1- 41- 67- 218. El 13 de julio de 1902, el procurador del tribunal de Termine en Alia hace una minuta muy rigurosa.

El hermano Agustino es decapitado en Palermo el 12 de mayo de 1874 y el hermano Antonio muere de miedo. En gaceta el 19 de julio de 1881, Damiano, de la madre muerta de la pena, Montemaggiore Belsito. Son desgraciados y no se olvidan. Alia, 25 de agosto de 1903, regreso de una hermana de Drago. Periódico de Sicilia, 2 de septiembre de 1903 la banda Leoni. La inocencia se ha hecho un comité de la gente más honesta. La gracia, 30 años privado de libertad. 5 de abril y 28 de agosto, 30 años de martirio.

Vincenzo con medio año en libertad, postal de Nápoles, arriba a Palermo al encuentro con su nieto. Aparentemente Leone, Giocchino, Solito, Cotone, cualquier aliese residente en América, porrazo y pagano está en el baño penal. El asesino Agostino Drago, el padre Franchi que asistió al error de ese ministerio, Tassardelli. 30 años, siendo inocente.

El 27 de agosto de 1903 llega un telegrama de Roma para liberar a los presos de Ancona, Drago Vincenzo Luciano. Alia reporta 231 errores al periódico, que habla siempre de justi-cia. En 1872 las condiciones eran trágicas. Di Marco Rosalía, el nieto Cosimo y gente de la familia. La sentencia de la corte de Asís de Palermo, el 23 de agosto de 1873, los hermanos Agostino, Antonino, Vincenzo y Rosalino Drago, Luciano el labrador, Di Salvo Francesco, Paulo, son liberados con gracia soberana. Reconocimiento muy tardío de que eran inocentes, pero están vivos.

Dreffur en Francia, cancionero de Dentaro, los hermanos Saputo, di Paulino, Nizzola, desafortunados de Italia y Francia. La isla del diablo, la corte Renne con coraje de liberarlo. En Italia, el cancionero restituido a la familia del desgraciado de Santo Paulo, Mauro Castel Verde, requiera de gracia. El último Di Marco al año se encontró agonizante y quedaba a di Marco si lo conocía. Tenía un hueco en la garganta y tenía la cabeza baja. Ellos entendieron que era culpable y que la sangre de pollo era de humano. Nadie ha revisado la corte de Asís y Palermo el 29 de agosto de 1873.

Fue ajusticiado el 12 de mayo de 1874 en una cárcel de Palermo, con los ojos con lágrimas. Cansado de orar en aquella pequeña celda del patíbulo, con una lámpara oscura y los ojos al cielo. «Dios mío, ten piedad de mi madre», decía pensando en la pobre madre. La corrupción, la Primera Guerra Mundial y un tribunal en un pequeño pueblo de Alia. ¿Qué será en toda Sicilia?

El 31 de julio y el primero de agosto de 1872, se acercaron a una pobre vieja de 80 años para enjuiciarla viva. Los vecinos apagaron el fuego. El nieto Di Marco vivía con la abuela para hacerle compañía. El cadáver estaba sobre el lecho y habían hecho el hueco cuando llegaron los familiares. Cuando llegó la autoridad, ningún vecino había hablado, había miedo. Han acusado a los hermanos Drago y la autoridad los arrestó por haber encontrado sangre del pollo y el tenedor ensangrentado. Esperaba al hijo debía llegar de Montemaggiore y regresaba de trabajar. La justicia no ha hecho ningún análisis de sangre. Ellos estaban laborando la tierra y las vacas, el nieto no sabía nada.

3

LA GENTE DE ALIA

El Padre Pelta hacía la prédica en la misa y el padre Guccione decía la misa muda, que a varios les gustaba pues era corta. Estaba el zapatero, el carpintero sordo, el herrero y el boticario. Había un ministerio de agricultura que ponía los precios. Quedaban pocos carabineros con míseras instalaciones y venían de Montecatini. El primero era Gialombardo y Todaro, representantes de Montecatini.

Había poca agricultura y agricultores para recoger la cosecha de aceitunas, almendras y nueces. Era pobre la cosecha por la nieve, llovía siempre y hacía mucho calor, con tempestades en el norte. Se hacían fogatas para el horno de leña y la cocina. Los domingos cualquier conejo o pollo se hacía asado y también para Navidad y Fin de Año. Los vestidos y los zapatos nuevos los metían en el gancho, con un lazo en la manga. Se metían dos dulces en Navidad y dos pedazos de carbón. Todos esperaban a la tía María, que en una mano tenía una cesta y en la otra una toalla.

Vincenzo Guccione compró una máquina e iba donde Michelle Concettina. Andábamos en el pozo Raciura, tierra de mi padre y el tío Atiliano. Había la plaza de Giuseppe Verdi, la calle Leonardo Da Vinci, la ópera de Pupi. La marioneta condesa cantaba: «estoy helada, furiosa». De Jerusalén, Orlando, Ronaldo y Angélica. Los hijos saben la historia siciliana. Giuseppe Garibaldi de 1860, durmió una noche en el pueblo de Alia, Ciudad Jardín.

Andábamos en el autobús y de pronto frenó, habíamos llegado a roca Paloma mientras el tren llegaba. Para ir a la capital en el tren se veía todo el caserío, los árboles, el mar. Se dormía en el tren La Vittorina. El Palacio Guccione perteneciente al caballero Guccione en el barrio Santa Rosalía, al lado de la iglesia matriz. Los campos de Termine y Palermo, diferentes paisajes al pueblo de Alia. El Padre Pelta hablaba que solo me ha prohibido el paseo de la escuela con el maestro la Gualla.

En el régimen de la época en Termine Merese, la milicia comanda. Me hacían salir las lágrimas y los aldeanos como Giochino Martino y Giochino Argono. Cortar y coser, a Estefano y Eugenio, la tía Rosina, la mamá de Estefano. Cierra la puerta. Andábamos en la plaza de San José, la zona de Santa Ana, la entrada de Montemaggiore, la iglesia de San José, la iglesia de Santa Rosalía que atraviesa. Se festeja en el casino con guitarra, violín y filarmónica. Mísera Alia, los domingos y toda la iglesia.

El autobús conocido de maestro roto, servicio de roca Paloma, ha mejorado el servicio con la intervención de Mattiucci. Al lado de la moto rodante con carroza, el medio de transporte de aquel tiempo, la mula, la jumenta, el tren La Vittorina, los Ferrari de Don Vincenzo. Sobre aquella calle iban motocicletas y patinetas. Pietro Runfo, un abogado propiedad de aquel tiempo, compró una motocicleta Guzzi. Íbamos a la plaza Santa Rosalía con el tío siciliano, donde estaba el libro de <u>Garbagnaba</u>, el único escritor siciliano que leí personalmente.

Don Roberto Pirandello, Roma, Lampedusa, Sciacca, Milano. Editor Vangelista 1973. Francesco Renda, recuerdo del labrador 29 de agosto de 1973. Palermo 1945 - 1946. Traducido en Milano en 1976. Palermo 1947, haciendo intercambio después de la posguerra. El fascismo en problemas, 1943. Portella della Ginestra, 1 de mayo de 1947. Francesco Renda acompañó este libro que escribe en 1976.

4

EL RECUERDO DE ALIA, SICILIA

Era una herradura de mula y caballo hecha por Salvatore Nasca. Él tenía la técnica para la herradura y la forja de aquel tiempo, pero no usaba la forja. No había soldador. Se calentaba el hierro y lo llevaba con los mazos.

Las cosas que hacía eran soldadas con el tiempo, cajas plegables. Todo aquello que era relacionado con trabajar el hierro. Ha hecho una lancha y todo aquello que era artesanía en hierro.

Salvatore Nasca murió hace 15 años y 6 meses. Recuerdo qué hace Teresa Di Sclafani de Nasca, sus hijos y nietos.

5

TERESA DI SCLAFANI

onozco bien la historia de Alia. Allí nací el 16 de febrero de 1940. La mayoría de estos personajes los he conocido. Los únicos que no he conocido son los hermanos Drago y su injusticia. Conocí al Padre Guccione y la misa mutua, la injusticia con la clase laboral, el rico que un día se apoderaron de los terrenos y le daban a contrato. Conocí a los caballeros Guccione, Giovanni Don Vincenzo y Giochino y sus hijos. Son mártires de aquello que ha hecho el abuelo. Al mafioso caballero le iba bien sin sudar la pérdida, puesto que eran ricos. Ese caballero Guccione se hizo rico con el contrabando y la mafia.

Pasó una mujer que leía las manos. Él estaba sentado en una banca y le dijo: «Usted será rico. Sus hijos todo lo tendrán que hipotecar. Sus nietos serán pobres y tendrán que estudiar y trabajar».Hoy el recuerdo de aquellos será medido en el sudor de muchos inocentes y metió a la cárcel a muchos inocentes. Que Dios proteja a sus herederos.

6

MI BISABUELO LUCIO ORFANELLO

Estudiaba para ser cura y se iba a ordenar, pero no siguió. Según mi madre, el abuelo les decía que fueran a la misa y a la sacristía. Se casó con Ágata Lopresti y tuvieron cuatro hembras y dos varones, de los cuales uno se murió. Trabajó durante 40 años en el correo telégrafo y el banco. Era tiempo de guerra, la Primera Guerra Mundial. Al llegar el telegrama, en la noche misma se lo llevaba a las familias.

Se murió hace 83 años y yo era su bisnieta. No caminaba. Después de muerto fui a visitar a su hija Ignacia, a despedirme en los Estados Unidos. Era un santo.

7

JOSELITO VIENE EN CAMINO

Era un matrimonio muy feliz esperando la cigüeña. Al fin llegó Joselito como lo esperábamos, un angelito catirito, creciendo muy bien. Los primeros pasos, la primera palabra mamá, la segunda papá. Llegando al preparatorio, después primer grado, terminando la primaria y la secundaria. Como el padre pasa todos los grados eximidos y Joselito es muy inteligente. Dice el padre que se parece a él, la madre que se parece a ella. Se parece a los dos.

Joselito empieza la universidad y va eximido cuando lamentablemente el padre se le muere de un infarto. Joselito pensaba ser médico internista, pero cambió a cardiólogo cirujano. Su madre se preocupó pero Joselito decidió su camino. Como cirujano, lo mejor era salvar vidas. Eso era lo suyo. Ahora viene lo más difícil, casarse. Se casa con una jóven que estudió con él, que tiene una hija de 15 años. Es muy feliz y viaja con la madre por Europa. Como no se conocían, se divorcia, quedando con el mantenimiento a cargo de madre e hija. Perdió el divorcio.

Se casa una segunda vez con una buena mujer, médico. Tiene una niña, buena estudiante que pasa eximida. Él sale en varias revistas. Con el tiempo termina de internista y se puso a trabajar de cardiólogo en un hospital con muchos pacientes. Llega cansado en la noche. En Estados Unidos no se consulta como en otros países, solamente se sienten los latidos del corazón. Después habiendo todos los problemas familiares, se dedica a salvar vidas. A Joselito no le interesa la plata, le interesa salvar vidas.

Tiene una buena posición y hace charlas. Gana mucha plata, pero estaba un poco incómodo con la supervisión. Una señora conoce el ambiente y le escribe al gobernador como bandera política, para poner una clínica y un hospital para los pobres. Un amigo le dice «vamos a independizarnos». Él aceptó, pero surge algo que él no pensaba: todos los cardiólogos se fueron de este hospital, cosa que no estaba prevista por Joselito. El hospital le hace otra proposición, mejorando el sueldo con mucho más trabajo.

Decide no salirse. La señora le dice que salga, pero Joselito siempre responde «estoy bien». Su madre está conforme con todo lo que hace Joselito. Si su papá estuviera vivo, le diría «salga, aquí no está bien». Una vidente le dice, mirándolo a los ojos, que hay un cuadro con un marco entallado y abajo el nombre. Joselito se queda mirándola.

Él no quiere hacer conocer a la hija y es muy celoso. Invita a una cena para hacer conocer a su familia. La abuela es postiza, la abuela de los cuentos. Está contento y se olvida que es un gran cardiólogo. En un futuro lejano hará un trasplante. Joselito tiene una oferta de irse a un complejo hospitalario de 4 a 16 pisos. ¡Qué suerte! No la quiere aprovechar.

Después de su madre, está su abuela postiza que lo quiere. Él no intenta ganar y al final será la abuela que tenía mucha esperanza de vida, 84 años. Vivió la guerra, la felicidad del trabajo es el diez por ciento, el noventa por ciento es el bien qué hacemos a los demás. Eso es la verdadera felicidad. No es la plata, la plata es un medio de vivir. No lo olvides, Joselito. Te quiero.

Tu abuelita.

8

FIORELLA

Ignómina faena debía ser llevada a cabo diariamente por cuadrillas que se turnaban puntualmente. Otro grupo recogía la tarea del lavado de los pisos. Los escogidos debían cargar pesados tobos de agua desde el lejano manantial y acometer la limpieza. La persona que se rehusaba, fuera por causas justificadas o por cualquier impedimento físico, recibía como castigo 30 latigazos. Algún infeliz anciano o enfermo sucumbía al rigor del inhumano trato. Cuando esto sucedía, la orden era tirar el cuerpo de la víctima en el mismo cráter, receptor de infortunio. Eran los encargados de llevar a cabo la triste labor. Ni un rezo ni una cruz sobre aquel hombre sacrificado como ofrenda a la patria ultrajada a tanta crueldad, amados y de escasa alimentación lo mismo.

Mientras todo esto sucedía, en el pueblo allá en las laderas del Castillo Silveri, el grupo de reclutados destinado a ejecutar las labores más degradantes. Los nazis fueron consumidores de carne de cerdo. Habían instalado al pie de las murallas del Castillo varias porquerizas y en ellas criaban todo animal sustraído a los campesinos de la zona, aprovechando también la cercanía de un manantial de agua dulce que brotaba en medio del vecino bosque.

La obligación del mantenimiento de una de las porquerizas recayó sobre el grupo de hombres provenientes de Terracota. Estos fueron compelidos a recoger con las manos los excrementos de los animales, depositarlos en un cajón de madera, trasladarlos hasta el bosque cercano para finalmente lanzarlos en un enorme cráter abierto por una bomba.

Me marcharé al bueno, tratándose de una emergencia dijo, y tú sabes lo que haces. El sitio de Terracota continuaba y sus habitantes continuaban siendo víctimas de vejaciones y abusos. Con rabia reprimida, presenciaban como objetos impotentes cómo los nazis se apropiaban de los pocos comestibles que quedaban en las tiendas, el pillaje, las confiscaciones de bienes al orden del día.

La persona que se atreviera a protestar era ajusticiada en la plaza pública. Madres e hijas casaderas eran obligadas a enfrentar a aquellos energúmenos, los cuales habituados a tragar abundante vino, se volvían fieras irracionales y no atendían ni a súplicas ni a llantos, llevando a cabo las más abominables acciones de violencia y estupro. La comida consistía en una sopa de zanahoria diaria, fría y desabrida, falta de cualquier sustancia vitamínica. Durante el invierno la situación se tornaba peor.

«Don Genaro, sí, soy yo, Simón Tancredi, quien ayuda a quien tanto te desprecia. Usted solamente pretendía apartar a un pata en el suelo de su hija Fiorella».

«Mi niña», balbucea Sacropanti mientras sus ojos se llenaban de lágrimas. «Se ha quedado sola, desamparada. ¿Dónde estará ahora?»

«El padre Perpetuo la guía, tranquilícese. Él la tiene oculta en su iglesia y la protege».

«Arbert, Arbert», gritó el guardia de turno al sorprender a los dos conversando.

Acercándose a ellos con salto felino, cruzó varias veces con el látigo el rostro de Genaro Sacripanti, quién desprevenido ante el brutal ataque cayó al piso sangrando copiosamente. Simone no vaciló en auxiliarlo recibiendo varias patadas en el estómago, pero no desistió en el intento de socorrer al caído.

«Mierda», murmuró el nazi alejándose al instante. Simone cargando acuesta al herido, lo llevó hasta la barraca y lo acostó en su catre. El infeliz entonces pregunta entre sollozos «¿Qué haces? ¿Esto es por ella, verdad?»

«Lo hago también por eso, pero usted es un ser humano y merece ser cuidado».

«Muchacho, muchacho, todo está olvidado. Cuando Fiorella se entere estará orgullosa de usted. Saldremos algún día vivos de este infierno».

Lo referido por Destripado aumentó el ansia del teniente nazi poseer a la joven Fiorella. «Cuidado con mentir», dice Müller encarando al soplón. «Si me engañas, al paredón».

«Destripado nunca miente».

«Habla de una vez. ¿Dónde se esconde?»

«En la iglesia de San Rafael. El padre Perpetuo los oculta en la sacristía».

«Llévame hasta allá, no quiero perder tiempo».

«Perdone Teniente, no puedo complacerlo».

«¿Qué dices?»

«Me delataría ante los míos, ¿comprende?»

«Sí, claro. Eres un vil cobarde, igual que todos tus paisanos», replicó en tono despectivo Müller. «Ya desaparece de mi vista, animal».

Al instante llamó a los dos escoltas y en compañía de ellos, a bordo de un Mercedes Benz descapotable, se dirige al lugar señalado por el espía. Anochecía, recogido en el silencio de la sacristía, el padre Perpetuo, breviario en mano, se disponía a rezar la última oración del día. Con paso lento, de un lado a otro del pequeño cuarto, el tenue claror de un cirio imploraba al Altísimo que pusiera fin a tantos atropellos. Fiorella todavía está despierta.

«Padre, cuando Vitolo termine las oraciones dormiré».

«Que conste, no fui yo que te obligó a volver».

«Descuide Padre, no tuve otra alternativa. La casa de Remigia fue destruida por la bomba y ella murió en el incidente...»

El diálogo fue bruscamente interrumpido por el chirrido de un frenazo, un vocero confuso próximo desde la calle adyacente. Instintivamente, el fraile conminó a la joven a permanecer quieta. Fue a abrir la puerta de la sacristía con el propósito de cerciorarse de cuanto ocurría. Al hacerlo, casi tropezó con el teniente Müller. Un pánico repentino se apoderó del religioso. Sin embargo, aparentando sosiego preguntó con displicencia «¿A qué debo tan inesperada visita?»

«Sin hipocresía, fraile» exclamó en tono agresivo el oficial de la S.S. «¿Está ella?»

«¿Ella quién?»

«No se haga el sorprendido, no mienta». Acompañó la admonición con un fuerte empujón que hizo trastabillar al fraile y se introdujo a la sacristía. Escudriñaba cada rincón, revisaba minuciosamente todo.

«Diga la verdad si no quiere arrepentirse. Sé que usted la tiene escondida aquí».

«¿A quién busca?»

«A Fiorella Sacripanti, viejo imbecil».

«Ah, se trata de ella. Hasta ayer estuvo aquí y se marchó esta madrugada, creo que a la casa de una tía suya, la baronesa Adelaida Balzi, allá en el pueblo de Caldarrosa».

Fiorella desde su escondite no se perdía una sola palabra de las conversaciones. A punto estuvo de entregarse, pero el Padre Perpetuo continuaba negando al teniente. Considerándose burlado, puso mano a su látigo cruzando varias veces la cara del fraile. La sangre brotó en el rostro, espejo de mansedumbre, tiñendo a su venerable.

«¿Cuándo acabará esta pesadilla?»

«Nadie sabe en la guerra».

Conversaban en voz baja, al comienzo del largo césped que marca el límite entre las posesiones de Sacripanti y el sendero que conduce la humilde vivienda de Simón Tancredi. Testigo de lacónico diálogo angustioso, la muda encima a orillas del río Erbio, que con su frondosa sombra daba cobijo a la joven pareja durante la tarde de verano. Solamente una persona conoce aquel idilio, el anciano fraile capuchino, párroco de la iglesia de San Rafael, patrono del pueblo de Terracota. Religioso respetado y querido por todos los habitantes por su bonhomía y oficialidad, siempre siempre dispuesto a la grey necesitada.

Su nombre mundano era Plinio Baldassarri y en religión Padre Perpetuo. Propiciaba los encuentros de los jóvenes acogiéndolos en la sacristía, lugar seguro donde nadie osadía descubrirlos. Justificaba el singular comportamiento estimulado por la comprobada animadversión y el desprecio que el soberbio Genaro Sacripanti, padre de la joven, sentía hacia Simone Tancredi. Para el arrogante terrateniente, nadie y menos sus empleados por más honestos y cultos que fueran, eran dignos de levantar la vista hacia su única hija.

«Sean breves, que están en la casa del Señor», pide cerrando tras de sí la puerta. Se alejaba del lugar y se arrodilla delante del crucifijo milagroso de <u>Numana</u>, cavilando y casi queriendo justificar su proceder, murmuraba ante el mudo interlocutor parafraseando a San Agustín: «Ama y haz lo que quieras».

Los habitantes del pueblo de Terracota durante la tarde de aquel lejano 8 de septiembre de 1943, se enteraron por medio de la radio del armisticio entre el General Pietro Badoglio, comandante y jefe del ejército italiano, y el jefe del Comando Aliado, cuya tropa había desembarcado en Sicilia ocupando parte de la isla. Por tal decisión, la península italiana quedó cortada en dos partes: el extremo sur en poder de los aliados y el centro norte bajo las botas alemanas. Estos últimos, considerándose traicionados a causa del armisticio firmado por Badoglio, a partir de esa fecha cometerían las represalias más viles, los atropellos más inhumanos contra la entera población civil.

Para los nazis, los italianos de traidores de allí adelante serían merecedores de toda clase de represalia y venganza y a los cuales había que aplastar como insectos. En poco tiempo, su barbarie, con la ayuda de la milicia fascista compuesta de italianos apátridas, alcanzó todos los sectores sociales. Ninguna institución por noble y humanitaria que fuera, se sustraería a los abusos de la horda.

Al borde de una de las más importantes arterias viales que conduce a la capital Roma, un batallón de la llamada S.S., capitaneado por el teniente Müller, alumno predilecto del médico Joseph Mengele, tristemente apodado «el ángel de la muerte», tomó posesiones del palacio municipal del pueblo, joya arquitectónica del barroco. Aquel predio hasta entonces respetado, fue objeto de cambios obscenos con la consiguiente. En él se custodiaban descomunales afiches con la figura del *Führer* y enormes esvásticas cubrieron todas sus paredes exteriores.

Las banderas del Tercer Reich desplazaron los hechos históricos de la independencia de la nación italiana. Fueron a las llamas sus bibliotecas, quemados todos los libros pertenecientes a escritores orgullo de la literatura italiana. El venerable profesor de idiomas ya jubilado, en la ocasión con la primera autoridad del ayuntamiento Jacobo Milzi, al presenciar los intolerables abusos osó levantar la voz de protesta. Fue sacado del lugar a empujones y arrojado por la escalinata.

Empleados más patriotas y fieles abandonaron sus cargos, huyendo despavoridos. En pocos días el terror se apoderó y apacible a la semana de la llegada de la S.S., durante una tarde tuvo lugar la primera recluta. Jóvenes y ancianos, solteros y casados, ricos y pobres, eran sacados de sus respectivos hogares y obligados a subirse a unos camiones. Irrumpían con violencia en cada hogar abriéndose paso a golpes y porrazos, tumbando cada obstáculo que encontraban a su paso, haciendo escarnio y burlándose de sus moradores.

Las amas de casa agraviadas que intentaban con súplicas aplacar aquellas fieras, nada conseguían con suplicar. La *nonna* de Simone Tancredi se da cuenta que su único nieto es arrastrado hasta el camión de la recluta y quiso evitarlo. La inteligente anciana de casi 80 años recibió un golpe en la cabeza, quedando en el piso en medio de un charco de sangre. El joven fue sacado de su hogar y obligado ignorarla. Puesto en el camión, al levantar la vista vio ante sí al arrogante Genaro Sacripanti.

«¿Usted también?», preguntó doblemente sorprendido.

«Es la guerra, idiota», respondió aquel dándole la espalda.

Fueron llevados hasta un lugar próximo al castillo de los Condes Silveri, ubicado sobre una colina a unos 40 km del pueblo, al margen de la llanura y atravesando por el río Erbio. El castillo deshabitado desde una década fue ocupado por la S.S., siendo allí uno de sus comandos.

Destripado era el hombre más temido por los habitantes de Terracota. Nadie conocía el origen de aquel apodo, siendo su verdadero nombre Alcibiades Tableta. Engendro ruin y astuto, rechazado por toda la comunidad que desde siempre le había negado el más mínimo intercambio amistoso. Alcahuete y traicionero, capaz de entregar a cambio del propio provecho hasta su propia progenitora. A todas estas dotes añádele la de ladrón. Su físico lo rendía más repugnante, jorobado y cojo de una pierna, tuerto, nariz descomunal parecida a una gran papa. Su labio causa de un tic nervioso mostraba siempre el guiño de una sonrisa sarcástica. Según las malas lenguas que abundan en los pueblos pequeños, el individuo hasta practicaba la brujería.

Su fama no tardó en llegar al oído del teniente Müller. En efecto el nazi mandó a reclutarlo y al cabo de una breve entrevista, le asignó una oficina dentro del palacio comunal. Su encargo de allí en adelante consistía únicamente en suministrar cualquier clase de información inherente a todo cuánto acontecía en el pueblo. Especialmente tendría que rendir cuenta sobre las actividades secretas y las reuniones que realizaban los pocos habitantes aún quedaban en el lugar. Un encargo muy *sui generis* para el bastardo, quién protegido por la S.S., cometería a partir de aquel momento cualquier clase de felonía.

Destripado también estaba al corriente del romance entre Fiorella y Simone, hecho este no obstante que lo regocijaba, consideraba que era un joven pobre. El soberbio Genaro Sacripanti jamás había sido santo de su devoción, pero tampoco ignoraba las intenciones del teniente respecto a la jóven. Había oído nombrarla con particular interés una tarde mientras el oficial tomaba el té en casa de la Ru, prostituta famosa, protegida por los altos oficiales nazis. Obvio es decir que la belleza de Fiorella era conocida por todos los habitantes de la entera región.

El infame Destripado, para congraciarse con Müller, no tardó en ponerlo al corriente del lugar dónde podría hallarla. «*Herr* teniente, sé dónde puede hallar a Fiorella Sacripanti. El Padre Perpetuo suele reunirse todas las tardes».

9

EL POLÍTICO DE CURUCUCÚ

Concurrencia y fama imaginada, el líder muy ovacionado, especialmente por las hijas de María. Un cierre de campaña auspicioso por primera vez aquel avezado político sintió en la adhesión del pueblo el soporte seguro y espontáneo. una comunidad otrora apática, más bien hostil, se había transformado en hermosa y dispuesta a dar su apoyo.

Hombre suspicaz, prometió que por medio de su persona la justicia actuaría con celeridad y firmeza. El execrable crimen de Don Getulio no quedaría impune. Los habitantes de Curucucú deberían confiar en él y en sus promesas. Intervendría además ante el arzobispado de primera

y pronto tendrían un nuevo pastor de almas. La protección policial sería pronto una realidad.

«Juro ante todos ustedes y sobre los huesos de mis antepasados que reposan bajo este suelo, que los asesinos de Don Getulio irán a la cárcel. El pueblo entero de Curucucú de aquí en adelante podrá vivir y trabajar en paz, amparado y protegido por las leyes y la justicia. Seré un defensor a tiempo completo de vuestros derechos. Mío será el empeño de socorrer a los desposeídos, los olvidados de siempre, los marginados. Desde mi curul donde ustedes con sus votos me instalaron, mi corazón y mis esfuerzos estarán siempre dirigidos hacia Curucucú».

La concurrencia conquistada por la avalancha de promesas aplaudía estruendosamente. Hasta los borregos al final de la Calle Real se hallaban recostados sobre las aceras, rumiando su indolencia.

«¿Qué hacemos ahora?», preguntó Bagri al alcalde. «¿Todavía eres la autoridad y lo preguntas?»

El interpelado se encogió de hombros y recostó una silla en la pared, dejándose caer en ella. Escupiendo luego una mascada de chimó, murmuró: «Hasta aquí nos trajo el río».

10

MARÍA JOSEFINA

El 21 de agosto de 1915 nació una rosa. Era muy bonita y los padres cuando la vieron, dijeron que se parecía a un angelito. Es la quinta de los hermanos, que eran un total de cinco. Creció como una rosa, bonita y catira. A través de los años fue buena estudiante y muy católica. Vivió la guerra de los 40 y se casó con un gran hombre, Vincenzo Di Sclafani, en 1931.

Tuvo siete hijos, cinco hembras y dos varones. Siempre fue orgullosa de sus hijos y con el pasar del tiempo hijos se casaron. Lamentablemente la segunda se le murió a los 58 años, tenía 20 años de ser operada de cáncer del seno. Después de 20 años se descuidó, se iba a casar la segunda hija y no se hizo el tratamiento. Estuvo muy grave y se murió, dejando el marido joven con dos hijos y tres nietas.

Una hija se murió hace 7 años. Estaba muy bien durante unas vacaciones con la hija y los nietos y se fue al pueblo.

Fueron a verla varios primos y estaba contenta, aparentemente gozando de buena salud. Tenía 85 años cuando se levantó de una silla y dijo «me siento mal». Se abrazó al primo y se murió abrazada a él. Llamaron a la Doctora y estaba muerta. Los latidos del corazón se le bajaban y con un simple marcapasos se hubiera salvado. Todos los oficios religiosos se hicieron en la iglesia del pueblo. El Padre dijo: «aquí se bautizó, aquí hizo la confirmación, aquí se casó y aquí se hicieron los oficios religiosos». Los hijos se la llevaron a sepultarla en Torino, donde residía.

Otro hijo murió hace 3 años, un varón que tenía 79 años. Le quedaron tres hembras y un varón, once nietos, ocho bisnietos. Habiendo vivido miles de calamidades con la guerra, la malaria y se acostó en la casa de la madre. El marido hizo un año de guerra y en aquel tiempo no había luz, ni agua, ni cañerías. Salió adelante cómo pudo.

En aquel tiempo se hacía el pan en las casas con leña, se calentaba el horno, se hacía la pasta con el arbitrio de ramo. Había un hueco en el piso y había una manilla para darle vuelta. Se ponía a secar después en Termine. Pusieron una máquina para hacerla y salía húmeda. Se traía al pueblo para secarla pero después pusieron una fábrica que la secaba en el pueblo. Eso era todo trabajo para ella.

En 1950 puso el telar perteneciente a su tatarabuela. Lo puso en su casa e hizo varios tejidos. La tela de lino salía oscura porque el lino era oscuro y tuvo que irlo a planchar en abril, en el campo, al lado de un bebedero. Antes de que se secara tenía que echarle agua. Le quedó blanca y después lo dividió a todos los hijos para bordarlo, hacer sábanas, manteles con servilletas, manteles de mesa.

Como ves, trabajó mucho en toda su vida. Todos los hijos estaban bien casados con buena gente, pero se murieron antes que ella. El primero, haciendo una parrilla le echó algo para prender el fuego. Como no prendió, le echó otra vez. La mano le quedó mojada y se prendió en fuego. Lo llevaron en ambulancia al hospital, en un cuarto de vidrio alrededor con una computadora en la cabeza. Le hicieron muchos injertos, pero ninguno le resultó porque él se la pasaba deprimido. Con el tiempo se murió, pero había todavía investigaciones sobre cómo había pasado eso. No lo podían sacar del hospital hasta que no hubiera terminado la investigación. Eso fue en Italia.

El otro hijo era fumador y no se tomaba la pastilla de la circulación. Tenía 77 años y 6 meses y se murió por falta de circulación en la cabeza. El segundo varón iba a vender un carro de carrera y lo estaba probando cuando se le atravesó un motorizado. Fue a dar la pierna en un árbol y por poco se le queda en ese árbol. Tardó un año para curársela.

Como ves, no tuvo una vida tranquila. Ttodos los nietos son profesionales y son el orgullo de ella. El marido se le murió de cáncer en los pulmones a los 70 años y 6 meses. Ella pudo festejar los 90 años con mucha fiesta, pero quedó viuda a los 64 años. La hija mayor quedó viuda a los 66 años y la última a los 68 años.

Como ves, tuvo cosas buenas y cosas malas. Se murió a los 95 años porque se le trancaron los riñones, en febrero del 2009.

Los hijos que le quedaron viven todos en Italia, son grandes empresarios y muy felices. Una se casó a los 19 años y se fue a Venezuela. Allí vivió por 55 años y se mudó hace 9 años a Orlando, en los Estados Unidos, porque el hijo mayor tuvo un hijo.

Definitivamente este es el cuento de la *Nonna*.

11

LA FAMILIA DI SCLAFANI

Mi padre se llamaba Vincenzo Di Sclafani Lo Preste. Soy Teresa Di Sclafani, rubia, y siempre cerca de él. Mi padre me decía que la redacción era algo que yo tenía desde el nacimiento. Nunca tuve un estudio profundo de historia, pero sí estudié en el pueblo donde nací.

Ahí no heredé una gran fortuna, pero sí la memoria de pertenecer a una familia importante, descendiente del emperador Di Sclafani. Un linaje que, por falta de apoyo y pérdida de privilegios, vio cómo se desvanecía su reinado.

Todos los que quedamos de ese apellido nos vimos obligados a vivir con menos. A trabajar desde abajo, con esfuerzo. Ningún Di Sclafani había salido nunca de Italia. Todos se quedaban allí, convirtiéndose en grandes empresarios, pero dentro del país.

Yo, en cambio, no emigré por mi cuenta: me casé, y con mi marido nos fuimos a Venezuela. Mi suegro, Antonio Nasca, tampoco emigró como otros; compró un terreno, aunque nunca llegó a verlo.

Ese terreno estaba donde hoy está mi pueblo: Alia. En aquel tiempo, la escuela llegaba sólo hasta quinto grado, pero antes, incluso desde primer grado, ya nos enseñaban a dividir y a multiplicar.

Estudié en la escuela San Giuseppe, una casa vieja de dos pisos. Recuerdo los salones grandes, y cómo, al terminar aquella escuela antigua, construyeron una nueva, más moderna.

He visto tantas guerras en el mundo, tantos conflictos que me hacen pensar que la verdadera prisión no es sólo física, sino política: una cárcel hecha por los gobiernos de turno y las dictaduras que han surgido en varios países.

Todo esto nace, lamentablemente, de raíces oscuras disfrazadas de trabajo y poder. También pasó en países como Italia o España, donde los generales dominaban y la gente era obligada a trabajar con cadenas, amarrada, sin libertad.

Recuerdo a uno de esos tiempos: el General Angarita, que en Miraflores paseaba en bicicleta. Eran figuras públicas, y toda la gente actuaba con la obediencia de las monjas en la iglesia.

Decían que Venezuela iba a resolverse, que todo mejoraría, pero no fue así. Ningún político dio vida a Venezuela ni resultó ser un buen líder. La democracia, en Venezuela, no dio los frutos que se esperaban. Algunos que no robaron, simplemente no hicieron nada. Y quienes sí robaron, lo hicieron peor aún, perjudicando a todos.

Hubo dictaduras que, a pesar de sus errores, al menos protegieron al país hasta cierto punto. Hasta el año 2013, hubo estabilidad. Pero luego llegó alguien como Maduro, y todo empeoró.

En Colombia también se vivieron momentos difíciles. Allí hubo políticos señalados, como Carlos Andrés, un colombiano relacionado con la guerrilla. Los hijos —los jóvenes— fueron secuestrados en Colombia. Algunos fueron registrados en las fronteras, otros aquí mismo. Y hasta hoy, los hijos siguen cargando con todo eso, viviendo las consecuencias, heredando los efectos de esas épocas oscuras.

Construyeron la escuela moderna hasta completar el sexto grado, en un lugar cercano a la casa de mi padre. Todavía hoy, no me explico por qué me atraen tanto estas historias. Nuestra historia familiar ha sido escrita en tres libros. De ésos, sólo uno ha sido publicado, y es, sin duda, el más importante, porque en él se muestra cómo vi el mundo y lo que viví como Teresa Di Sclafani.

Ese libro ha tenido mucho éxito, y eso me alegra profundamente. En sus páginas se habla de grandes figuras, como el Rey de España y el Presidente, y también de Don Cipriano, a quien reconozco como uno de los primeros líderes de una gran nación.

Recuerdo a un gobernador llamado Marco, quien sufrió mucho más que los demás, porque mientras otros resolvían todo por teléfono, él lo vivió de verdad, enfrentando las situaciones de frente. Por eso lo admiro: porque acumuló todos los momentos que realmente educan, y tomó decisiones junto a importantes corporaciones.

Creé una corporación Lo Preste Blanda —apellidos de mi familia— forman parte de ese legado. Mi nieto, que lleva esos nombres, tendría hoy una gran fortuna. Se lo compra todo por su cuenta.

Lo Preste es un apellido destacado, una rama que fue gran terrateniente, por parte de mi padre. La familia Blanda, en cambio, era de parte de mi madre. Ni los Lo Preste, ni los Blanda, ni los Orfanello, ni los Todaro: ninguno de ellos emigró.

Y esos apellidos no están excluidos de mi presencia. Me siento orgullosa de llevarlos dentro, porque representan un ejemplo, una continuidad viva. Los Di Sclafani aún conservan grandeza. Eso lo sé, lo siento, lo afirmo. Di Sclafani viene de mis antepasados. Y el vino de los Di Sclafani, aún hoy se vende en Sicilia y en toda Italia.

Los Lo Preste eran ricos y no se preocupaban por nada. Recuerdo bien cómo era en el pueblo, aunque yo sólo tenía cinco años en aquel entonces. Tenía una manera de ser tan fuerte, una energía que, para mí, de niña, era difícil de entender.

En aquel tiempo, Hitler mató a más de seis millones. Todo voló por los aires, millones de vidas perdidas. La gente moría por todos lados, se tomaba hasta la sangre de los más pobres.

La ortodoxia, los rituales, eran usados para consagrar la violencia en nombre de los jóvenes, del pueblo. Aunque el pueblo tenía algo de comida, la situación cambiaba constantemente. Se movían, se alejaban, incluso en las plazas. Dormían bajo techos improvisados, como guerrilleros que nunca se rindieron.

Luego vino la Primera Guerra Mundial, donde murió mi abuelo, en el año 1917: Gaetano Di Sclafani. Y también un primo, Vincenzo Di Sclafani, quien regresó sin pierna, y se quedó en una silla de ruedas. Yo era niña, pero mi padre me llevó a conocerlo. Me dijo: «Este es tu tío Vincenzo». Tenía el cabello canoso y rizado.

En aquel tiempo, siempre se hablaba de un terreno que estaba en disputa entre Italia y otros. La guerra, al principio, no fue tan mala. Los alemanes y el gobierno italiano no eran del todo malos en ese momento. Pero con el tiempo, empezaron los gobiernos duros que impusieron el servicio militar obligatorio.

La gente fue abandonando sus tierras, el orden se descompuso, y todo se organizó a la fuerza. Con el paso del tiempo, llegaron las balas, la violencia, y finalmente, la muerte.

En aquellos tiempos, si uno caía en el hospital, el gasto se pagaba, y eso salía de los impuestos. Gracias al Presidente de entonces, esa situación cambió para los emigrantes.

Vinieron muchos de otros lugares, y con ellos crecieron también los gastos. Hubo un gobierno comunista que, llevado con orgullo, hizo que las naciones comenzaran a vivir muy bien, como pasó en Uruguay.

Uruguay atravesaba un grave sistema de laborismo, donde las mujeres, para poder llevar a sus hijos a la escuela, tenían que ir incluso armadas. Recuerdo cuando llegó el viejo Mujica, un hombre de 75 años. Él sí logró terminar con las pandillas. Puso en alto el nombre de Uruguay, y no lo hizo por ambición: no cobró el sueldo completo, y al final se fue pobre, cantando con su viejita, como está contado en la historia.

También estaba el Presidente Lula da Silva, en Brasil. Durante su primer período, no hizo las cosas tan bien, pero en el segundo lo está haciendo mucho mejor. Ese es un gobierno comunista también. Y no importa si se llama dictador, demócrata o comunista: lo que importa es lo que llevan en la sangre.

Ha habido dictaduras en países como Italia, Alemania y Roma. Se hablaba mucho de las monarquías, y cómo los poderosos mandaban a otros al asilo, mientras la gente sencilla seguía su vida.

En esos tiempos, Italia estaba mucho mejor bajo el sistema de la monarquía. Aunque también es cierto que en los pueblos no llegaba nada. Faltaba agua, luz, cloacas. Los gobernadores no hacían nada. Eran sólo nombres, pero no cumplían.

12

MIS NIETOS

Mi nieto Enzito es futbolista. Lideró a su equipo y llevó a formar un gran grupo. Un grupo muy bueno, como deben ser los verdaderos futbolistas, que lo hacen por pasión, para pasar el tiempo, pero sin descuidar su formación.

Su carrera universitaria será muy importante. Se va a graduar con honores. Desde muy pequeño mostró gran inteligencia: ya va a estudiar ingeniería robótica, una carrera del futuro.

Desde el primer voto, mostró madurez para participar, trabajar, funcionar, incluso en lo más cotidiano como cocinar. Yo sé que me cuidará algún día. Desde pequeño, él ya había registrado un programa en el registro mercantil.

Lo hizo con cariño, como un regalo para Salvatore, que ha sido un gran estudiante, bailarín también, y deportista de futbolito.

Estoy segura de que será un gran comerciante. Por su simpatía y su dedicación a los negocios, tiene ese carisma natural. El más pequeño, Salvatore Antonio, también ha sido futbolista desde pequeño.

Él se entrena como karateca. Le faltan sólo dos cintas para ser cinta negra, como su abuelo estoy muy orgullosa de mis tres nietos: tienen 11, 14, y 16 años.

Salvatore Antonio se parece mucho a su abuelo: corre igual que él lo hacía, aunque en los tiempos del abuelo no había computadoras. Salvatore ha ganado 6 trofeos. Es campeón en Orlando, en Milano y en Sicilia. Yo estoy orgullosa de él, y de todos mis nietos.

13

ESTADOS UNIDOS

En Berlín cayó el muro. El Presidente era un actor, alguien de carrera, no sólo un político. Logró llegar a tiempo. Ese muro marcó una era. Hizo que los Estados Unidos tuviera un buen gobierno.

Esto es parte de la historia del mundo, de las grandes historias que han cambiado las naciones. El Salvador, este país lleno de delincuentes, está saliendo adelante. La patria ha reconocido a todos esos delincuentes: los tienen amarrados de brazos y piernas, y los han metido en cárceles pequeñas, restringidas, sin adornos ni comodidades.

Orgullosamente, los Estados Unidos no han dudado en llamar a los ladrones peligrosos por su nombre. Y es que todo se puede, si uno tiene talento y voluntad.

El Presidente era un socialista que murió hace poco, a los 100 años: Jimmy Carter. Tenía una organización mundial que ganó mucho dinero. Sus descendientes siguen yendo a los países para arreglar lo que queda después de la muerte, lo que dejó. Gracias a eso, mi familia también salió adelante. Las organizaciones de Carter ayudaron a que otro Presidente comenzara. Aun así, no todos confiaban en este gran país. Después de cuatro años, la gente protestaba. Pero él era un verdadero demócrata.

Y les digo: no me quejo, ni me voy. Con todos los presidentes que ha tenido este gran país, la mayoría han sido caballeros, al servicio del pueblo. Este es un gran país, y esto es parte de la gran historia de los Estados de América. ¡Haremos historia juntos con coraje y unión!

14

OSELLITO

La historia de Osellito y Luisita no es una novela. Es una experiencia de vida, una historia de hombres y mujeres que cada día enfrentan lo inesperado.

Nosotros agregamos nuestras vivencias a los libros que escribo, como un ciclo dentro de mi familia. Un amigo de la familia tuvo dos hijos. Uno de ellos se enamoró de una niña con la que compartió desde el colegio, pasando por la primaria, la secundaria, y hasta el bachillerato.

Felices de haber logrado todo con buenas notas, ambos siguieron a la universidad, cursando la misma carrera: medicina. Después de completar los cinco años de estudios, cada uno eligió su especialidad: ella se convirtió en ginecóloga, y él, en cardiólogo.

Con el tiempo, él tuvo oportunidades en varios departamentos médicos. Primero como internista, y más tarde se destacó como colaborador en revistas científicas. Llegó a ser considerado una eminencia. Sus padres estaban orgullosos: habían cumplido esa primera etapa de la juventud. Los jóvenes se casaron y formaron su propio hogar. Tuvieron una niña, que al momento de este relato tiene tres años.

Pero no todo fue alegría. Más adelante apareció otra mujer, una que fingía ser amiga de ambos. Esa mujer fue sembrando discordia, hasta que logró separar al esposo de su esposa por medio de brujería y manipulación.

El hombre, confundido, terminó dejando a la esposa que tanto quería. Y se casó con aquella mujer. A esa mujer, la llamaron «mujer perversa». Años después, ella también tuvo una hija, que ahora tiene 12 años. Esa mujer, la perversa, ha dominado la casa, ha manipulado todo con su presencia y con su forma de andar. No ganó nada la perversa. Quedó sola y mal parada, sin su hija. Ese es el final triste para ella y alegre para Osellito. Es muy feliz.

Un día vino un dictador y les dijo a los padres que se iba a Estados Unidos para formar su propio negocio. La madre trabajaba mucho, y a veces iba a visitar a su hija los viernes por la noche. Volvía cansada el domingo. Ahora me cuenta esta historia...

El cuento es que esa señora, por tanto trabajo que hacía, interrumpió un embarazo. Tomó dos pastillas, y eso provocó que el feto —que ya estaba formado como una mano—se rompiera. Se asustó tanto que llamó a una señora uruguaya que tenía una cafetería enfrente.

La señora uruguaya le dijo: «No se asuste. Es normal. Eso es un feto. Va a embarazarse otra mujer en Puerto Rico». Así lo dijo.

Viajaba muy cansada, y en dos oportunidades me apareció Osellito en el aeropuerto de Caracas. La primera vez, en el aeropuerto, cuando llegó, le dijo que estaba cansada. Yo le respondí: «Tengo miedo porque había ladrones». Entonces él quitó los libros del morral y se lo puso debajo de la cabeza. Se quitó el paltó azul oscuro y se lo puso encima.

Con el paso del tiempo, a las primeras hijas se les daba regalos cada año. Cuando volvían de vacaciones, se les daba de todo. Pero no basta con dar cosas a los hijos: hay que darles cariño, todos los días.

La primera esposa, después de diez años, se casó con un buen hombre que la quería. Son felices. Aproximadamente cuando él tenía 25 años, se les presentó lo que consideraron un milagro: su esposa, que tenía 32 años, quedó embarazada, a pesar de que no podía.

Ella trabajaba sin parar, de lunes a domingo, hasta muy tarde. El marido trabajaba lejos, a 2000 kilómetros de distancia. Sólo venía los domingos por la mañana, y regresaba en la noche.

Ella se quedaba con sus hijos: uno de 10 años y otro de 4, haciéndoles comida y limpiando la casa. Los niños asistían a un colegio católico, y ella continuaba trabajando.

Los hijos crecieron. El mayor, a los 17 años, fue llevado a los Estados Unidos. Allí estudió durante 10 años y se graduó como ingeniero mecánico, gerente en mercadeo, y con formación en informática. Después regresó a su país y comenzó a trabajar en su negocio de repuestos, después de varios años...

Cuando tenía 28 años, fue a una consulta. Ahí preguntó si lo que le estaba ocurriendo se debía a algo que le había hecho su madre. Le respondieron: «¿Qué estás diciendo? Ésa es tu madre».

Él estaba casado con una hija, pero con el tiempo, otra mujer —una perversa— se enamoró de él. Le hizo mucha brujería hasta que él se divorció para poder casarse con la perversa. Pasaron 14 años sin que se diera cuenta de que estaba bajo brujería.

Fue la madre del milagro —la misma que había vivido algo similar— quien, al ver la envidia que esa mujer perversa les tenía, se dio cuenta de que le habían hecho brujería. Entonces le mandaron a «chequearse» espiritualmente.

Ya estando en proceso de divorcio, la perversa volvió a hacerle otra brujería aún más fuerte, y también contra la madre del milagro. Nadie se dio cuenta de eso, hasta que ya era demasiado tarde. Así se cerró el círculo: el río de la maldad había arrastrado a todos.

La maldad existe. Existen las brutalidades que algunas mujeres cometen sin escrúpulo alguno. Por eso hay que cuidarse de las malas mujeres. Escribí esta página para los hombres de hoy. Para que sirva de guía, de advertencia contra esas mujeres sin corazón ni conciencia. Porque un hombre, cuando es noble, nunca debería atreverse a hacer esas mismas maldades.

Ella, que siempre tenía frío, se cubría con todo lo que podía. A las ocho de la mañana salía el avión para su traslado. A esa hora llamó a su madre: «Mami, mami, el avión va a salir», le dijo. Ella le respondió: «Mi ángel, que te guarden los ángeles». No se vieron. Le dijo que no sabía nada.

Otra vez en el aeropuerto cerrado de Caracas, en la madrugada salían las ratas y ella les tenía miedo. Buscó un sillón, una silla, y la hizo acostar. «Las ratas las controlamos nosotros», le dijo. A las 8 am la volvió a llamar y le dijo que su avión iba a salir para Barquisimeto.

Por seis años había necesitado un cardiólogo. Le pidió que lo ayudara a buscar uno. El hijo le recomendó uno: en un hospital del centro había un cardiólogo con un buen currículum. El doctor les cayó simpático. Después, él se vino al Hospital de Osceola.

La señora, que los visitaba frecuentemente, un día les señaló un cuadro colgado en la pared, con un marco de madera tallado, y debajo se leía el nombre del Profesor Osellito. Ese día, al terminar, el doctor le dijo: «No fue usted, fue su espíritu. Él que vino con usted en el tiempo, ese espíritu traía mucho más cariño».

Un señor de edad, puertorriqueño le dijo: «Soy muy estudioso de las encarnaciones. Hagan las pruebas de ADN». Se las hicieron el 20 de mayo y el 28 fue a consulta. Le preguntó si se la había hecho y le respondió que sabía que era su madre. El milagro de la madrina de bautizo, hermana de la madre, nació enferma del corazón. Murió el día que cumplió 11 años y la puso en todos los teatros de la iglesia. La llevó a todas partes.

Iba en la mañana a la misa y después se ponía a coser. Un día la hermana de la madre se muere, una niña de una falla, y la madre se iba a acompañar a la hermana, pues el marido estaba en Venezuela. Un desastre en la familia. Ella se quedaba sola con la sobrina y lloraba, diciendo que si se moría, se quedaba sola.

El milagro de hace 74 años, no había en el pueblo un médico especializado en cardiología. Quiso dejar a un cardiólogo en la familia. El parecido completo, menos los ojos y la frente. Inteligente, trabajador, sumiso y servicial. Todo eso lo tiene de la madre del milagro.

15

LOS SOLDADOS

¡Grande es mi patria Venezuela! La hicieron grande los subalternos, los que obedecen, los que luchan.

Mi general los atiende. «¡Tengo fiebre muy alta!», le dije. «Voy a descansar, estoy enfermo». Y él respondió: «No se trabaja por orden de un subalterno». Así fue como se detuvo la operación «Mattonfa» por unos días.

Durante ese tiempo me llevaron a Méjico. Allí me encerraron, y allí conocí a un gran amigo que me ayudó a salir. Un día llegó un joven, muy educado, buen mozo, muy dulce y fino que nunca lo olvidaré. Fue el señor Amedeo, quien me ayudó a lograr salir de esa cárcel escondido. Él me visitaba y me decía que mi causa estaba perdida, pero que él me ayudaría a resolverlo. Y así fue.

Siempre que se da la vuelta a todo, es porque hay quienes no se rinden. Mi coronel estaba muy bien. Mi general, en cambio, estaba aburrido: «Ya no hay nada», decía. «Sus asuntos se resolverán con mis permisos», y autorizó al coronel para actuar.

Entonces el coronel, junto a un grupo de subalternos, organizó todo y lo dejó listo. Mi general nos dijo: «Iremos a las ciudades cercanas. Saldremos de Calvillo a las cinco».

Fuimos. Y desde allí partí rumbo a los Estados Unidos. El señor Amedeo no tenía culpa de nada. Así como se llama «Caballo», así fue la lucha: directa, sin revoluciones, pero con fuerza.

Terminamos esta misión. Uno de los hijos no quiso dar testimonio. Pero ustedes lo saben: el que se retira sin haber luchado, nunca será un buen soldado. Y este general, sí que fue un gran hombre. Será recordado con respeto. Porque la vida, a veces, es muy falsa. Es mezquina. Forma a los hombres y a las mujeres con dureza.

En medio del fervor patriótico, una voz resuena con determinación: «Soy como un Garibaldi, un Napoleón en mi país. Estoy dispuesto a dar mi vida por esta tierra que amo.»

La emoción se apodera de los presentes. Aplauden con fuerza. Él se dirige a su general —Gnidasi— quien con firmeza le da su apoyo. Lo anima incluso a que tome las fotos, a que cargue los caballos y se una a los agricultores que están más allá, lejos del bullicio político.

Y ahí viene la reflexión: el mundo político no es lo que parece. Hay políticos capaces, pero se necesita alguien verdaderamente preparado, alguien que sepa llevar la República por el camino correcto.

El general le dice con claridad:

«Debemos alejarnos de las revoluciones».

«Sigamos con la evolución».

«Necesitamos un buen Presidente».

Otros le responden con lealtad:

«Estamos con usted».

«Tenemos amigos como usted»,

«¡Nos gustaría que usted fuera Presidente!»

Alguien evoca a Pancho Villa.

«A todos nos gustaría tener un líder así».

En medio de ese ambiente, una joven se acerca de pronto. Con su energía, despierta un impulso de sorpresa. Se cae algo —una copa, un objeto— y alguien exclama: «¡Qué muchacha tan bella y valiente!»

Ella pide disculpas. Él, con nobleza, le responde:

«No se preocupe. Haré algo».

«Los voy a obedecer».

La escena cierra con una reflexión: esperan al general. Las angustias son las que matan, no el trabajo.

Hay quienes recuerdan que incluso las mujeres que amaron a Pancho Villa lo siguieron fielmente, lo acogieron en sus casas. Y en ese instante, aparece el rumor de que el hombre tiene una amiga que lo apoya, que lo quiere, y que, si hace falta, estará lista para defenderlo... con toda la artillería.

16

MUJERES PERVERSAS

Las mujeres que intentan quedarse solteras muchas veces lo hacen por costumbre, por hábito, y a veces por vicio. Los hombres de turno se divierten con ellas, las buscan de noche, las miran, las rozan, y les dicen cosas mientras las observan. Ya saben a lo que van, porque muchas de ellas ya tienen muchos novios, y siempre tienen alguno «en reserva».

Así es como sigue la cosa: se arreglan, se visten provocativamente, usan sombreros, ropa de trabajo, como si fueran independientes, pero en realidad lo hacen para cubrir lo que no quieren mostrar.

Todos los días se arreglan con peluches, o se distraen jugando con muñecas distintas, porque tienen toda una serie: se pintan los ojos, se protegen con máscaras, se maquillan con pinturas llamativas.

Toman bebidas muy fuertes, para no comer, para no acostarse con cualquiera cada noche. Pero para ellas, todo eso es un orgullo, ellas se sienten «ricas», aunque su riqueza sea solamente el dinero que le sacan a los hombres.

Llevan siempre un perrito, que las acompaña en un carro lujoso. Parecen señoritas ricas, aunque no lo sean: es sólo dinero que han quitado a hombres que las invitan a restaurantes de lujo y hoteles de lujo.

Los embriagan y después se aprovechan de ellos. Ninguno se da cuenta, ni ellas mismas, ni sus madres, ni nadie de su entorno. Están orgullosas de esa forma de vida, una vida que ya vivieron sus propias madres, por eso... este caso parece más bien un cuento de hadas, pero contado al revés.

Yo, como mujer mayor y con mucha experiencia, creo firmemente que las mujeres perversas son quienes más daño hacen. El hombre, por naturaleza, es tranquilo. Cuando ama, ama de verdad. Cree que su hogar es intocable, cree que nadie podría destruirlo. Mientras él piensa en positivo, en cómo hacer crecer su familia, ella —la mujer perversa— piensa cómo destruir todo eso fácilmente, sembrando discordia entre todos los suyos.

Esa mujer logra ganarse la confianza de todos los miembros de la familia, y con eso les hace la vida imposible. Está en su casa todos los días, comiendo, tomando, gastando el poco dinero que hay, incluso cuando no lo necesita.

Y así, poco a poco, los que no tienen nada terminan en la calle, mientras ella consigue su propósito: tiene casa, una hija, ya no necesita marido, ni le interesa. Lo abandona y se divorcia. Esta es la triste historia de un hombre que solo se ha enamorado.

17

EL CANTANTE

Los jóvenes de hoy son alegres: bailan, cantan, disfrutan con entusiasmo. Para ellos, esa es una felicidad verdadera.

Un señor se sube al escenario, es un cantante reconocido, con mucho éxito, y sigue cantando tan fuerte que hasta el piso se mueve. Durante su espectáculo, le grita a otro: «¡Eh, dame mi dinero, que yo voy a cantar aquí todos los días!». Y todos se ríen.

Luego dice con orgullo: «Tienen que saber que yo sí sé cantar». Los jóvenes se animan. Cuando él canta una canción para la juventud, las bailarinas siguen sus pasos, y el público, en coro, lo acompaña. Las ovaciones, las flores que le lanzan, las miradas que recibe... todo eso hace que un cantante se enamore de una muchacha.

Y esta vez, se enamora de verdad. Está muy enamorado. Ella, con ironía, le dice: «Cásate mejor con una enfermera, con una sanguera como tú, pero no conmigo». Y sin embargo, cuando él canta con emoción, ella no puede evitar escucharlo, aunque finge que no le interesa.

Él planea viajar, alejarse. No le gustan las grandes ciudades, prefiere el pueblo. Los jóvenes viajan con una maleta, un sombrero, tocan las puertas donde se hospedarán.

Ella pregunta: «¿Aquí vive el señor Antonio Alto?».

«Sí», le responden. «Pase, señorita».

«¡Qué sorpresa!», exclama. «¡Los felicito por sus actuaciones!»

Esa noche, llega José, y dice con alegría: «Soy José», y alguien le dijo: «Pepe soy».

«Primero tú, no te recuerdas, Antonio. Fuiste muy grosero. Fui a verlo hoy, y allí estaba, cantando, distraído, sin hacer caso. Dice que está en el campo, y tú también estás aquí, haciendo lo tuyo. No te dije que estabas en el rancho, Antonio...

No es posible que te pongas así, que reacciones como si no importara. No puedes usar tu negocio para eso. Bueno... te lo digo en secreto: voy a intentar algo. Apareció otra joven».

Pero no le gustó el sargento. Él le dijo a los muchachos:

«Por tu culpa, la perdí».

«Las canciones eran para ella».

Pero ella se hace la importante, como si no le gustara el ranchero. Lo trata como si no valiera nada. Como si no le importara.

«Si me quiere, que me busque» —dice ella y mientras tanto, pone nervioso a todo el mundo.

Una señora le dice: «No tengo tiempo para atenderlo».

Antonio, que era el primero —el referente, el preferido— ahora no se muestra. Y hasta que yo no lo cuente, nadie sabrá.

Yo no me voy a quedar con él. Yo lo quiero, sí... pero él te quiere a ti. Y yo me veo sentada, sí, en un banco, al lado de él. ¿Qué puedo decir?

Antonio no me atendió. Está altanero. Ese Antonio —el primero— tiene tierra, mucho trabajo en el campo. No puede hacer otra cosa. Pero vive muy bien en su rancho. Y ella... ella va con él.

18

LA MAESTRA DE LA ESCUELA

La persona de la que se habla aquí ha crecido en el seno de una familia buena y trabajadora. Tuvo una madre y un padre que siempre pensaron en sus hijos, entregándoles lo más importante: la educación. Esta enseñanza se forjó dentro del hogar, con valores sólidos que le dieron al protagonista una buena base personal.

Por eso, hoy se le reconoce como una persona de bien. Su familia, aunque humilde, se distinguía por su compromiso con el trabajo y el esfuerzo. En ese entorno se les inculcó a todos, tanto hombres como mujeres, que debían aprender a valerse por sí mismos. La enseñanza era clara: el bienestar proviene del trabajo. Y si hay momentos difíciles, si uno no se siente feliz, la única respuesta válida es seguir adelante con dignidad y coraje.

En San Miguel de Los Altos vivía una joven sin empleo, con muchas ganas de superarse. Un día le ofrecieron un puesto como maestra en una pequeña escuelita ubicada en un caserío remoto. Para llegar allí, tuvo que atravesar vastas llanuras y montañas durante varios días. Finalmente, llegó a San Antonio de Los Altos, donde un director campesino la recibió con amabilidad y la llevó hasta la escuela: una humilde choza de campo.

La escuela carecía de recursos, pero era el único lugar de aprendizaje para niños de distintas edades. La joven debía enseñarles a todos juntos, cada uno con sus necesidades. Esto exigía tanto de su voz que terminó casi sorda. Sin embargo, su paciencia era admirable. Consiguió una pequeña casita donde vivir, en casa de una anciana que compartía el hogar con sus hijos. A cambio, le ofrecían comida cada mañana y por las tardes.

Con el tiempo, un joven del pueblo se enamoró de ella. Aunque al principio se resistió, finalmente aceptó su cariño. Este joven era el único que realmente se mantenía cerca de ella. La familia de él tenía buena posición económica, pero no había teléfono en el caserío, así que todo debía comunicarse por carta. Las respuestas tardaban en llegar, pero ella no se impacientaba.

Estaba conforme con su trabajo y agradecida por haber sido enviada a ese lugar. El caserío tenía su iglesia, su cura, un sacristán, y ella asistía con devoción a misa antes de comenzar cada jornada. Los niños la respetaban y preguntaban por ella: la maestra que trajo luz a sus vidas.

EN LA RADIO

Los libros de Teresa Di Sclafani De Nasca se destacan en la radio *CapicúaFM*, la cual se oye en todo el planeta Tierra en CapicúaFM mediante CapicúaFM.com y las aplicaciones líderes de la podifusión.

ACERCA DE LA AUTORA

Teresa Di Sclafani De Nasca nació en Italia. También ha vivido en Venezuela y en los Estados Unidos.

OTRAS OBRAS DE
TERESA DI SCLAFANI DE NASCA

- *El mundo según Teresa Di Sclafani*
- *El diario de Teresa Di Sclafani*
- *La Mafia según Teresa Di Sclafani*
- *Cuentos de la Nonna - I*

Cada uno está disponible en castellano,

en inglés y en italiano.

www.ingramcontent.com/pod-product-compliance
Lightning Source LLC
Chambersburg PA
CBHW042033120726
47911CB00026B/721